療傷小酒館

益田米莉　著
邱香凝　譯

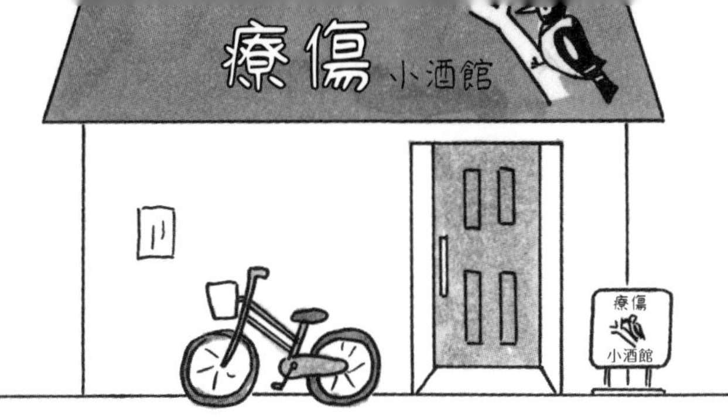

※編註：「療傷小酒館」的日文原名為キズツキ，意思為受傷，而日文發音也近似啄木鳥（キツツキ），因此招牌上有啄木鳥的圖案。

中田小姐

不能保證
是什麼意思？
連做不做得到
都不知道的
意思嗎？
欸？可是
我覺得妳
就是這個
意思吧？
不是這樣，
我問的是
到底可以
還是不可以。

妳姓什麼？
中田小姐。
妳是新來的嗎？
不是嗎？
可是你沒有決定權，對吧？
那好吧，不用了。
可以叫妳上司來聽嗎？

非常抱歉
給您添麻煩了。
請您
稍等一下。
辛苦了～

歡迎光臨！
啊。
辛苦了。
啊——辛苦了。
不好意思，給我啤酒。
工作很忙嗎？
嗯——
我們公司人手完全不夠啊。

真是
辛苦你了。
上面要我修正，
也不一口氣提出來，
一次給一點，
做都做不完。
妳已經
點了哪些？
都還沒點。
啊
我肚子不太餓呢，
傍晚才吃過蕎麥麵。

花枝生魚片呢？你愛吃那個吧？
不錯耶。
來，你的啤酒！
還有，也點個高湯煎蛋捲吧。
也好。
我看看～再點個涼拌味噌小黃瓜好了。

明天烤肉大會有幾個人要去？
我沒問得太清楚耶。
不知
是喔。
高中的朋友剛考到駕照，說不敢開高速公路，我只是去當司機而已。
味噌小黃瓜好吃——
對了，你已經跟大哥吃過飯了嗎？
啊——那是下禮拜。
是喔——你們要去哪裡吃？

抱歉，今天不能去妳家了。
畢竟明天還要早起嘛，路上小心喔！
Bye
恩

都會巷弄裡
似乎有個
只有內心受傷的人
才找得到的
小酒館。

療傷小酒館
療傷
小酒館
歡迎光臨。

不好意思，我只有一個人，可以嗎？
歡迎歡迎。
沒有提供酒精飲料就是了。
咦？沒有提供酒精飲料，卻叫小酒館？
因為我自己不會喝酒嘛。有輕食可點喔。
這樣……那請給我一份熱的豆乳拿鐵。
好喔。
您今天也辛苦了。
啊、
不會

來，請喝
我要享用了。
啊、好好喝
妳的key比較高吧？
什麼？
卡拉OK。
不用、不用啦。喝完這個我就要回去了。
只是不知不覺忍不住就走進來…自己也覺得不可思議。
這還是我第一次走進小酒館呢。

撥弄
竟然是現場演奏？
來，麥克風。
我會適度配合彈奏，隨便妳唱。
說是這樣說，就算要我唱歌，我該唱什麼才好呢？
唱出妳現在的心情啊。

……

撥弄

撥弄

撥弄

琴弦

我不是「妳」~

撥弄

我叫「中田」*~

撥弄

*日文中的「你」唸作ANATA，「中田」唸作NAKATA，發音相似。

電話客服一接起來明明就有自報姓名～可是誰都沒有聽進去～
客人只有火大的時候，才會再問一次妳姓什麼～
是為了恐嚇吧～
噯、可是啊～我才不怕～早就習慣了～
早就習慣了～
等到客人自己終於站不住腳，這時候才會說～
說什麼～

叫妳上司來聽～
唰咔唰咔
唰咔
OK～可以換人啊～
可是，那個上司一樣沒有決定權～
手上有的～
只不過是教戰手冊～
唰──
第二段……
接著唱可以嗎？
當然。

*日本的談話性專訪節目，主持人為黑柳徹子。

偶爾吃外食～我想吃點不一樣的東西～
可是每次終究還是點了他喜歡吃的東西～
幹嘛這麼體貼～自己都恨自己～
撥弄
是說啊——
我肚子餓得要死～
他居然給我點什麼「味噌小黃瓜」～
撥弄

我是否真的喜歡他呢～
撥弄
真的喜歡嗎～
也是有喜歡的地方～
實際上比外表更老實認真～
可是～
可是～
撥弄
每次見面後～
內心都感到寂寞空虛～

沒錯，
真的很空虛～
撥弄
要不要
吃咖哩飯？
療傷 小酒館
療傷
小酒館

謝謝招待。
療傷小酒館
療傷
小酒館
是說我為什麼唱歌啊？
療傷

療傷
小酒館

安達小姐

妳姓什麼？
中田小姐？
妳是新來的嗎？
不是嗎？
可是妳沒有決定權，對吧？
那好吧，不用了。
可以叫妳上司來聽嗎？

呼……
Department store
セール
酥炸鯖魚300公克是嗎～
請問還需要加點其他的東西嗎？

那個，剛才妳裝起來的鯖魚啊。
是？
總覺得好幾塊魚肉都崩得破破爛爛的，能不能換一些完整的給我？
啊！好的，請稍等。
這樣可以嗎？
謝謝您的惠顧。

Department store
セール
安達小姐，關於明天的班啊。
妳能幫我代班嗎？
明天……
我小孩補習班明天有家長面談。
可是
我明天已經預約要去看牙了……一定只能明天嗎？
後天其實也可以，可是後天我小孩要開始上芭蕾課。
啊——
那我知道了，我請牙醫改一下預約吧。

謝謝。
歡迎光臨～
這位客人，
要不要帶105公克？
我剛才不是已經說了100公克？請給我100公克好嗎？
啊
不好意思，失禮了。
謝謝您的惠顧。

セール
辛苦了。
今天賣剩好多呢～還有三包。
大家可以分一分帶回去喔～
謝謝店長！
我看看，還剩下什麼？
炸雞塊和照燒鰤魚和雜菜豆渣。

妳要哪個？我拿哪個都可以喔～啊、不過我家孩子可能喜歡炸雞塊。
那，妳拿炸雞塊吧！我就拿鰤……
啊、可是，照燒鰤魚這道菜自己在家做不出來～我可以拿鰤魚嗎？
啊、好的。
啊、我看還是拿炸雞塊好了。可以用來當大兒子的便當菜。
好啊、請拿請拿。我拿哪個都可以的。
那個、雜菜豆渣也可以給我嗎？
請拿。

怎麼有這間店？
療傷小酒館

歡迎光臨。
……請給我
印度優格飲。
好喔。
看妳的手指，
應該彈過鋼琴吧？
欸？看得出來嗎？
我一直彈到高中。
來，請喝。
今天也辛苦了。
啊、
嗯

反正有兩台鋼琴。要不要一起彈？
咦？這裡有兩台鋼琴？
捲式鋼琴啦。
哇——我已經好幾年沒彈過這種了，沒辦法啦。
咚——
咚——
音色很不錯耶。
也有高音。
叮——
叮——
叮——

咚—
咚—
哇~
咚—
咚—
在要倒不倒的~小酒館裡~彈著鋼琴~
咚—
咚咚—
咦？自彈自唱？
說不定~
就是為了今晚~以前才學了鋼琴~
請把自己的故事~唱出來吧~

今天的客人也~
很有意見~
要我只把看起來很好吃的地方裝給她~
要知道打菜的時候也得顧慮整體平衡啊~

我以前都不知道～
我以前都不知道～
大家～對這世界竟然有這麼多意見～
意見～意見～
自私的意見～
打工同事啊～

認為我看牙醫的事~
沒有她小孩上芭蕾舞課重要~
冷靜下來仔細想想~
以人類來看~恆齒應該比芭蕾舞更重要吧~
本來~就是~
都是我吃虧~

剛才的電車裡
也是～
隔壁～
坐了個兩腿大開的
男性上班族～
當這你家啊～
又不是你家～
什麼意思嘛～
併攏你的腿～
明明付了～
同樣的車資～
我的位子卻很窄～
吃虧了～
今天也吃了
小小的虧～

每天累積的
小小損失～
究竟是否～
能～夠～挽～回～
打客服電話時～
內心的情緒
如火山熔岩
一口氣噴發～
一旦開始生氣
就停不下來～
可是～大家的意見～
都比我更多啊～

我不是～
我不是
那樣的人～
不是的～
不是的～
真的～
療傷 小酒館
療傷
小酒館

傷 小酒館
療傷 小酒館
這到底是什麼店啊？
給妳卡片。
探頭
什麼？
優惠的卡片，請收下。
謝謝。

小酒館也有集點卡嗎？
蓋30個印章就能免費換一杯飲料之類的……
等等
怎麼是手寫的？
啊──
連墨水都還沒乾。
沾到手指了啦
「下次光臨時本店免費招待一杯優格飲。
只限妳使用。

只要店沒倒
隨時可用。」
或許，
我賺到了喔～

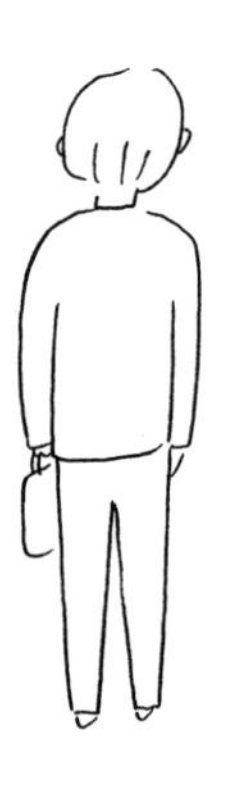

佐藤老弟

瀧井老弟，
可以過來一下嗎？
關於上次那個宣傳手冊的事。
啊～
那個客戶已經說OK了吧？
剛才我去拜訪客戶，對方說想要做點變更。
還沒送印吧？
變更？會變更很多嗎？

啊！沒有，整體來說幾乎都OK啦。
只是字體啊，說想要稍微再放大一點。
嗯——
放大是嗎？
抱歉哪，你正忙的時候。
我知道了。
那我再寄幾個設計稿給你。
拜託了。
了解～

啊、佐藤老弟，辛苦了～
啊
辛苦了。
我們正要去炸串店喝兩杯。
本來也想約你，但佐藤老弟不喝酒，不好意思啊～
哈哈
明天見。
再見
再見

媽，妳不用等我回來吃飯啦。
嗯。
反正我今天中午也比較晚吃。
下次妳先吃啊。
好，那開動了。
剛才啊，
香保打電話來說小裕考上大學了。

我們家終於也有人考上京都大學啦。
香保一定很得意。
明天香保要來，想說包個紅包給他們當作慶祝。
你也會包吧？畢竟是自己的外甥，要恭喜他一下。
幫我拿給她吧，多少錢？
我這邊打算包5萬。
那我也包5萬。
是喔？
老是要你出錢，真過意不去。

謝謝光臨。

療傷 小酒館
療傷
小酒館
療傷 小酒館
療傷
小酒館
不賣酒的
小酒館

歡迎光臨。
那個……請給我咖啡。
好喔。
我們店是走北歐風喔。
用淺焙豆煮的比較淡一點，很適合晚上喝，會帶點酸味喔。
來，請喝

啊！好喝。
嗯！好喝。
以前啊～我去芬蘭旅行的時候～
還想說怎麼會有那麼好喝的咖啡。
芬蘭嗎？大概是我一輩子都不會去的地方吧。
哈哈
那，
要不要現在一起去？我來幫你帶路。
咦！現在？
我看看…
用iPad的Google街景圖，搜尋赫爾辛基。

好，到囉！赫爾辛基中央車站。
喔～這就是芬蘭首都赫爾辛基。
首先，去喝杯咖啡好了。沿著這條路直直走。
芬蘭的道路是石板路嗎？
對啊。
這裡轉個彎～到了，就是這間書店二樓的咖啡廳。
我想應該就在這裡，好囉，來喝那個好喝的咖啡吧。
來囉

離海邊很近嗎？
很近喔。
沿著這條埃斯普拉納迪大道往前直直走，你看，到了。
是海港啊。有市集？我喜歡這種攤販聚集的地方，像早市之類的。
真不錯～
我偶爾也會一個人旅行喔，在國內就是了。
哈哈
這裡是市集廣場，不只有賣海產，還有紀念品、花啊各種東西都買得到。
你看，還看得到船。

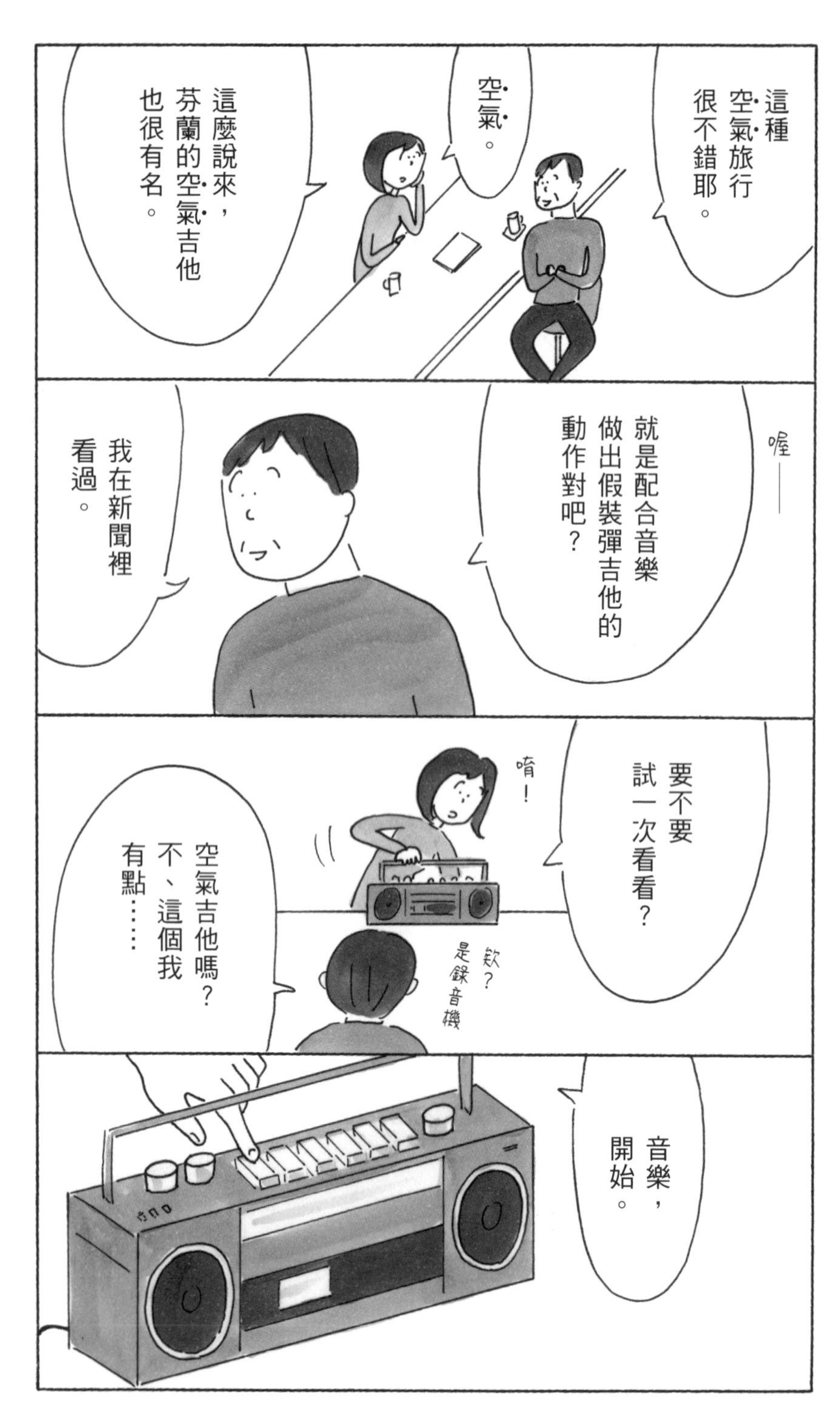
這種空氣旅行很不錯耶。
空氣。
這麼說來，芬蘭的空氣吉他也很有名。
喔——
就是配合音樂做出假裝彈吉他的動作對吧？
我在新聞裡看過。
要不要試一次看看？
唷！
欸？是錄音機
空氣吉他嗎？不、這個我有點……
音樂，開始。

唛
唛
真的要彈喔？
鏘
鏘鏘
鏘鏘
鏘鏘鏘鏘——
啷啷啷——
啷啷啷——
我有話～
想說～
鏘
鏘鏘——
還要唱歌喔？
有啊！
有啊！
有啊有啊！
有想說的話！

這個，
就是你的吉他。
鏘鏘鏘鏘—
鏘鏘
鏘鏘
鏘鏘
鏘鏘
鏘鏘
鏘鏘—
喂！那個做設計的～
鏘鏘
鏘鏘
鏘鏘—

那個
穿開襟針織衫
來上班的～
鏘鏘
鏘鏘——
是不是把我～
當成沒有
工作能力的人～
為什麼～
不爽的情緒
慢慢冒出來～
為什麼～
喂！
做設計的～
就是你!!
鏘鏘
鏘鏘——
跟人說話的時候啊～
要～把～整～個～
身體～
轉過來這邊！
轉這邊！
鏘鏘——

看～起～來～是不是好像～
過得很不順？
我～的～人生～
不會喝酒是天～生～體～質～
搞不懂～

我真的～
搞不懂～啦～
不懂啥～
我的人生～
這樣就可以了～
好幾次～
好幾次～
我都非得
這樣說服
自己才行～

好像有誰～
有誰～
好像有什麼～
有什麼～
在監視著我～
好像有～
成功的人生
究竟是什麼？
是什麼！

成功的
人生？
這個詞
又是什麼鬼～
豈不是把人生～
說得好像
一場買賣了嗎～
鏘鏘—

安靜——
喀嚓
療傷 小酒館
……好累。
療傷 小酒館
好久沒這樣激烈運動了。
客人——你忘了東西。

紅包袋，是你的吧？
啊！不好意思。
謝謝。
拿去，還有一樣。
你的吉他。
哈哈

瀧井（弟）

抱歉，今天不能去妳家了。
畢竟明天還要早起嘛，路上小心喔！
嗯
Bye

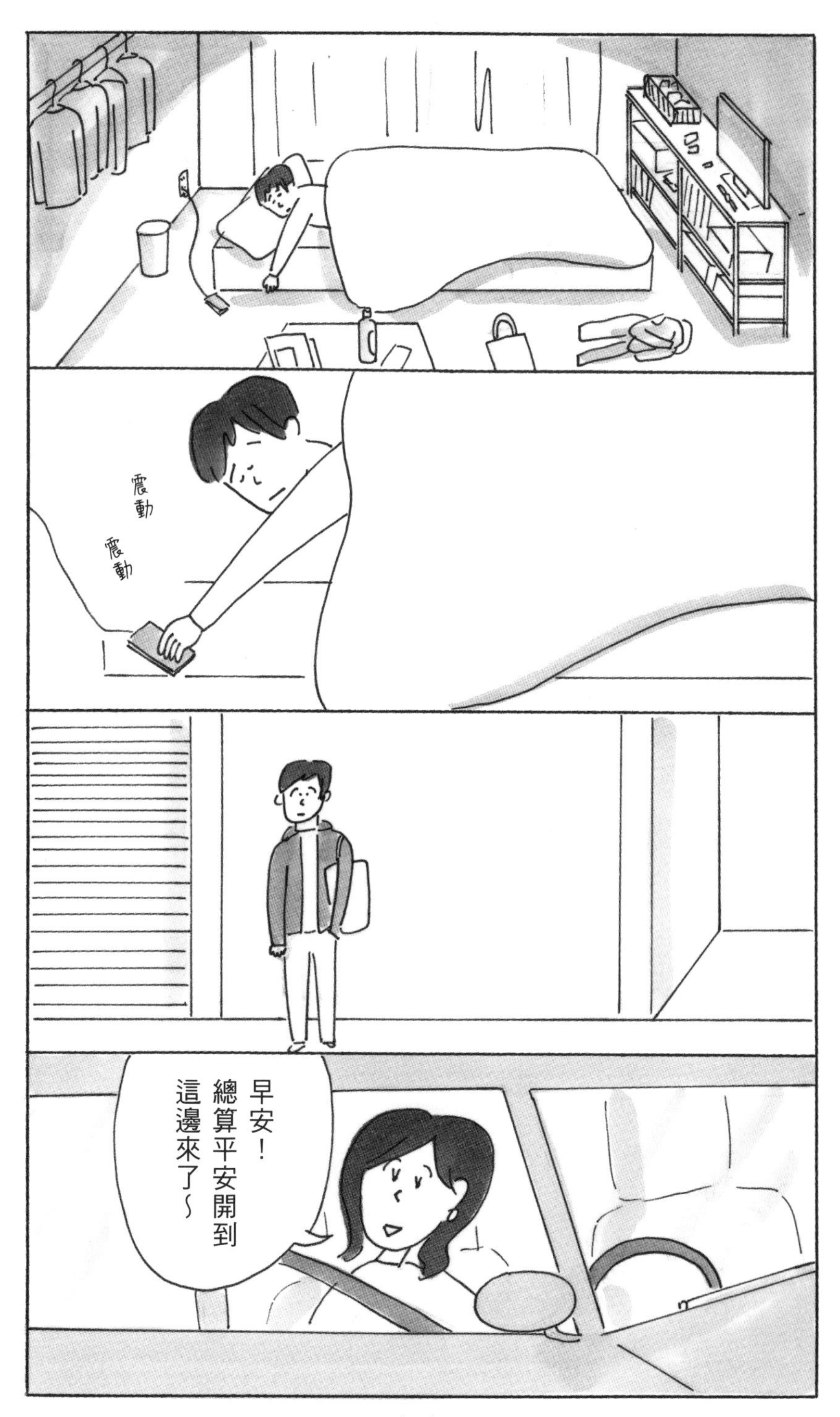
震動
震動
早安！總算平安開到這邊來了～

看～是不是帥哥～
您早。
妳好。
浮潛的補習班？
我跟小葵就是在那裡認識的呢～
是啊。
妳很年輕呢～還是大學生嗎～
跟你說喔，小葵她家啊，爸爸和媽媽都是醫生喔，對吧？
是的。
咦——這樣啊。

這次的烤肉還真豪華啊。
是浮潛補習班社長出的錢，聽說他家很有錢。
我真的不用付參加費嗎？
他說學生可以帶自己的朋友來參加啊，OKOK的！
停車場裡都是高級車，我想大概都是社長的朋友吧。

哇！
這肉怎麼回事！油脂入口即化～
太好吃了～
嗯！好吃。
這個一定是所謂的A5等級吧。
是說，小葵，
妳應該很常吃這種東西吧～
沒有這回事。
我再去多拿一點肉回來！
哈哈
A5等級!!
謝謝妳。

小葵將來的志願也是當醫生嗎？
不，我哥已經當了醫生，我其實對外語比較有興趣。
是喔——
父母也傾向讓我自己做選擇。
外語啊～專攻什麼？
是
德語。其實下個月起，我要去德國留學一年。

來～
有人帶瑪歌酒莊的紅酒請大家喝喔～
喔！
是很高級的酒嗎？我對紅酒不熟。
我沒有喝過，我去拿一點！
你要開車不能喝，不好意思喔。
請喝請喝。

今天謝謝你幫忙開車～要上來坐坐嗎？
不了，那樣不好吧。下次見囉！
療傷小酒館
療傷小酒館
砰咚
嗚哇！

歡迎光臨。
那個……不好意思，
我把外面招牌弄倒，有點裂開了。
我會賠償……
比起那個，你能不能幫個忙換一下這邊的電燈泡啊？
抱歉喔。
啊！不。我才該賠罪。

療傷 小酒館
療傷 小酒館
還喝妳的咖啡真是不好意思。
我們家的咖啡是北歐風味的喔。
北歐？是指挪威那類的地方嗎？
啊
我現在正好想聽很久沒聽的披頭四「挪威的森林」。
我很喜歡這個前奏呢。

我對這個曲子有印象，原來歌名叫這個啊。
說到「挪威的森林」，就會想到村上春樹的小說。不過我沒讀過就是了。
「噯，你知道當個有錢人最大的好處是什麼嗎？」
欸？
村上春樹《挪威的森林》其中一小段。
已經是我好幾年前讀的了，現在還記得呢。
女孩子問年輕主角的台詞。

主角說「我不知道」。
那個女孩子的答案，
是什麼呢？
「就是可以說『我沒錢』喔。」
那個女孩，直到高中讀的都是千金小姐讀的學校。
是父母勉強籌錢讓她進去讀的，所以朋友之中，只有她不是有錢人。

因此
就算和大家一起去哪玩，也總是提心吊膽，生怕自己錢不夠。
對了，
不然來朗讀吧。
朗讀？
來，
這本是你的書。
不不不。
哈哈
這種事，我做起來不適合啦。

是說，這本書裡面全都空白耶？
因為創作的人是我啊。開始讀囉。
「海蛞蝓這麼想。」
海蛞蝓??
喔——
有沒有
就是在海裡很像海參的東西，我正好想到而已，沒什麼特別意義。
「海蛞蝓這麼想。好多事情都變得好討厭。」

「正在這麼想的時候，
他今晚已經沒有地方去了。」
「海蛞蝓這麼想。」
「沒聽過瑪歌酒莊。」

「可是他
說不出自己
不知道。
能夠若無其事
說出自己
不知道的，
才是有錢人。
海蛞蝓他……
在深海底
這麼想。」

「海蛞蝓潛入了豪華郵輪。」
「船上每天晚上都舉行著舞會。」
「但對那些舞會參加者們來說，
只是普通的吃晚餐而已。」
「海蛞蝓並不知情。」

「沒有人告訴過他。」
「『能做選擇』這件事，
是擁有財富的人最大的優勢。
海蛞蝓活到現在都不知道。
甚至連自己選擇過什麼都不知道。」
療傷 小酒館
療傷 小酒館

謝謝。
弄傷了招牌真是不好意思。
「帆立貝說了。」
帆立貝？
「明明也可以逃跑，
你卻選擇了
走進來。」

療傷
小酒館

富田小姐

歡迎光臨～
啊、
總共是407元。
便當要加熱嗎？

謝謝光臨。
啊！
不好意思，
您的手機忘了拿。
啊！
不好意思，非常感謝妳。

幫了我大忙呢!!
哈哈
因為我明天一大早就要去烤肉。
哇！好羨慕喔～
沒有啦～
五點就要起床了，很累人的。
路上小心。
好的
再次感謝妳。

富田小姐，妳說上一份工作是約聘員工，因為公司的問題，沒有延長續聘。
現在您想找正職的工作，對嗎？
是的。
今年35歲，跟父母住在一起？
是的，我和父母一起生活。
這樣啊。
再來就是，關於技能證照……

呼——
呼——

我回來了~
美咲，妳來啦。
咦？妳一個人？
回來啦，姊姊。
她說要離婚。
咦
離婚？
欸？確定？
差不多。

媽媽我是什麼都不會管的喔。
好久沒走這條路了。
妳每次都從大馬路來嗎？
嗯。

妳便利商店的打工到幾點？
十點。
十點後才能吃晚餐嗎？
啊、有貓
真的耶
最近，我都在聽愛繆。
喔！
很年輕耶。

要是啊～
現在發生了什麼事啊～
什麼事？
不知道，但是非常嚴重，世界級的大事。
真籠統。
那樣的話，也不用找工作了吧。
不知道我們能不能活到變成老年人呢。
哈哈

姊姊。
嗯？
我可以搬回娘家嗎？帶著陽菜和陽斗。
真假？
妳的房間只有兩坪多耶？雖然我的也是啦。
擠一下就能睡了。
有夠擠。

24
24
辛苦了～
打工下班後自己也想買點什麼，這心情我懂。
哈哈
看到客人買的東西，自己也忽然想吃了。
這個燉飯很好吃喔。總共974元。
幾乎等於我一小時時薪啦～

你明天也值大夜？
好一陣子沒看到太陽了。
那我先走了。
辛苦了。
呼—
啊、

無視
療傷
小酒館

歡迎光臨。
呃……請給我可可亞。
好喔。
來，玉米茶。
不對啊
我點可可亞。
喔——
因為可可亞需要花點時間，妳先喝這個。

欸
可可亞粉還要先炒過嗎？
對。
用小火。這樣顏色會愈來愈濃。
這麼做的話～
香氣也會變得更好喔。
這段時間，
我們先來玩文字接龍吧。
文字接龍？兩個大人玩嗎？
那麼，從我開始。
「想喝熱可可亞。令人產生這個念頭，有點疲倦的一天。」

換妳
「天」
是用文章方式的接龍嗎？
欸——
總覺得有點害羞耶。
嗯…「天」嗎？
「天氣熱，磨破腳跟。貼上百圓商店買的後踵貼，繼續找工作。」
「作」喔。
哈哈哈
「作」
「做給妳喝喔，美味的可可亞，好不？」

等可可亞粉炒出漂亮的顏色與香氣，就把火熄掉，加入一點牛奶，仔細攪拌。
從「不」開始喔。
來
「不是光明的未來也沒關係。

隨處可見的平凡也沒關係。
只希望穩定的生活能夠出現。」
「現」
「現」
「現」
「現在的我，心中想要的是什麼樣的未來？」
「來個真命天子。

不，
其實我只想
好好活下去。
或許只有
這個心願。」
抱歉
可可亞正煮到
最重要的地方，
我沒空了，
妳自己接下去喔。
「願望實現後
我才想祈求
一段新的戀情。

覺得不錯的便利商店客人，
根本沒有把我看在眼裡。
嗯，不過，
我還是會久違地聽起情歌。
哈哈
光是這樣，
就覺得獲得滋潤，覺得感謝。

哈哈
我的人生真是
不值一提到了
可笑的地步。
沒能給出什麼，
也沒有剩下什麼。
大概也無法
獲得任何認可。」

「可」
「可」
「可是，
我們實際上已經登場。
出現在歷史上，
無論願不願意，也都在這歷史中累積著生命。
或許就像塵埃一樣的感覺。」

這就是所謂的聚沙成塔吧。
哈哈哈
對——
對——
從「覺」開始？
「覺得聽起來好像很壯闊，就這麼決定吧。」
「吧」
「把這一杯全世界
最美味的可可亞獻給今晚的妳。」
好好喝。

香保

哥哥包的紅包，怎麼那麼多，有5萬耶。
不用破費的啊。
妳要記得跟他道謝喔。
嗯，我再傳訊息給他。
話說回來，小裕還真厲害。他很努力吧。
考上跟尚人以前讀的同一所大學。

妳婆家那邊一定也很高興吧？
是啊。
說要去飯店吃大餐慶祝。
哎呀，那我們家也該做點什麼吧？
不用、不用。
有給我們紅包就很夠了。
比起那個，媽媽，我是不是該固定給妳孝親費啊？
錢夠用嗎？
夠用的，謝謝。我有領老人年金，妳哥也會固定給我生活費。
那是一定要的啊，哥哥他自己也住在這裡耶。
欸，我問妳
有沒有不錯的對象可以介紹給他啊？

咦——沒有哦～至少我身邊沒有。
再說，哥哥那個人個性有點遲鈍。
感覺就是會在電車裡把腿大開坐著的那種人～
妳怎麼又說這種話。
對了、
小裕去京都之後是要自己租屋嗎？找到房子了？
我打算下次陪小裕去找房子！兩個人還可以順便觀光一下～
哎呀，聽起來很不錯。
對了，媽媽。
下次，我們兩個一起去泡溫泉吧。反正我的育兒工作也算告一段落了。

咦？
要住爸爸朋友的公寓？
是他以前教過的學生，現在住在京都。
有人能拜託，那是再好不過啦。
可是，小裕你自己覺得呢？
隨便，我都可以。

我來告訴你大學附近有什麼好吃的快餐店吧！
呵呵
早就跟你那時不一樣了啦。
噯，小裕。下次啊，媽媽想跟外婆一起去泡溫泉。
去箱根好了，也比較近。
不錯啊。

小裕小學時
我和你還有爸爸
三個人去過箱根呢～
走石板路的事，
你還記得嗎？
嘿
上次，電視上的
猜謎節目說，
那條路啊
是德川家康在江戶
幕府時開拓的喔——
翻過足柄山
再穿過箱根的
那條路嗎？

是說
應該沒有什麼是媽媽知道，我卻不知道的事吧？
哈哈
說得也是。
啊！
便當不要撒香鬆。
好，
知道了。

Department store
セール
DELI
香保？
好久不見～
小南！好久不見～
買什麼？家常菜？
嗯。
妳女兒是叫芽衣嗎？

今年高二
說她想買蛋糕。
妳好
真好，母女一起來購物。
等等！
我聽說了！妳家小裕考上京大了？
啊！嗯。託大家的福，總算考上。
好強喔。我看，我們啊——
都得對小裕使用敬語才行了。
啊哈哈
什麼啦。
那就這樣
下次大家再聚聚。
嗯

請問決定好了嗎？
請給我三個高麗菜捲，
還要一份酥炸鯖魚，
300公克。
好的。
請問還需要加點其他的東西嗎？

那個，剛才妳裝起來的鯖魚啊。
總覺得好幾塊魚肉都崩得破破爛爛的，能不能換一些完整的給我？
謝謝您的惠顧！

妳的包袱看起來很重耶。
要不要喝點涼的？
療傷
小酒館
妳看，這裡的螞蟻也都在搬運巨大的糧食。
療傷
小酒館
療傷
小酒館
療傷
小酒館

歡迎光臨。
那麼，請給我100%的純蘋果汁
好喔。
請喝，辛苦了。
我們家連冰塊都是用蘋果汁做的喔。
好好喝，冰冰涼涼的果汁，好久沒喝了。
我年輕的時候也會經常喝冰的飲料。
是啊。

說到年輕時，上次我在美容院聽到懷念的歌曲。
是ABBA的「Dancing Queen」。妳知道這首歌嗎？
很久以前的歌了，我也是後來才聽的。
高中編舞大賽時我們選了這首歌，大家一起跳。
那時放學後都會每天練習，真的好青春呢。
是喔——
其實高中的時候也是有各式各樣的煩惱。
每次聽到這首歌，就會好想念以前年輕的時候。
「妳能盡情跳舞，
因為妳才年僅十七歲」。

好像是這樣的歌詞吧。
沒錯！感覺聽了這個未來就充滿了希望，真好——
哈哈
當時是這麼想啦。
雖然沒有想要回到十七歲，但真的好懷念那個無敵的年紀。
類似這樣
今晚，
要不要再來無敵一次啊？

咦？什麼？
無敵？
先打開YouTube播放「Dancing Queen」。
窸窸窣窣
好了，來囉。桌上型旋轉鏡球。
咚
Let's dance!
哈？
唷！

ABBA，
有兩個女生吧？
我們兩個現在無敵啦。
來吧。

真的假的——
我們現在無敵啦——
天下無敵啦——
可是～
這～
只有現在這個瞬間而已～

回到家之後～
「媽媽知道的事我怎麼可能不知道。」
兒子就會這樣跟我講話～
啊哈哈
今後～
會發生什麼事呢～

消除斑點，
消除細紋，
跟「老化」拚了，最後獲得的又是什麼呢～
已經不會在深夜裡飛奔去見對方～
已經不會再有談這種戀愛的機會了～

這份空虛感～
這份無可奈何的
空虛感啊～
扭動
不可能在
書桌上獲得解答～
怎麼可能
解得開～
嗚哇——
療傷 小酒館
療傷 小酒館

剛才那是幻覺嗎？
呼
啊！喂？
哥哥，
謝謝你的紅包。

瀧井（兄）

歡迎光臨。
唷！
我好久沒來東京出差了。
哥，你是不是又胖了？
不好意思，給我啤酒。
你去上班怎麼穿得這麼隨便啊？
喔——
我從業務部轉調到企劃部了。
是喔——你還會做這種事啊。
乾杯
樣樣通，樣樣鬆啦。

點些什麼吃吧，我只點了生魚片和高湯煎蛋捲。
不錯耶。
這給你。
是餅乾，給翔太吃。
他長大了喔。老是吵著說還想跟你一起去烤肉。
哈哈
上次帶他去吃了雞排拉麵，還多加了一份香腸。

你繳完了嗎？學貸。
差不多快繳完了。
還有多少？我幫你出一點吧。
不用啦。
哥哥自己的學貸不也自己付清了。
有需要的話就跟我說。
嗯。
謝啦。
還有啊——岡山的阿嬤身體不好，
我要帶她去大阪住院。

我們兄弟倆到底還要做多少事啊。
你不用做什麼啦，只是要來看她喔。我想……這次大概無法出院了。
我會去啦。
咦？瀧井同學？

還記得嗎？高三的時候我跟你同班。
喔——
南同學？
我們都有點發福了呢～
啊哈哈
啊、這我弟。
妳好。
哇！好爽朗。還很年輕吧？是說，瀧井同學你現在是住在哪？
我調職到大阪了。
這樣啊～我最近連續巧遇同學呢～上次也在百貨公司地下超市碰巧遇到香保！
那丫頭，現在住在高樓豪宅喔，很厲害耶！還有，她兒子考上京都大學了。
哈哈

糟糕，我得走了。還得回家幫我家那些不成材的孩子們做飯。
啊哈哈
Bye
先這樣喔！好想趕快開同學會喔～
Bye
再見
好有活力，真羨慕。
同班同學裡有人住高樓豪宅啊。
從她家的窗戶

望出去不知道
能看見怎樣的
景色。
誰知道～
一定是我們
從來沒見過的
景色呀。
這輩子大概
都看不到了。

你現在
有交往對象嗎？
算有。
可是，
跟別人一起生活
感覺好累。
身邊有個
知道彼此
喜歡吃什麼的人，
很不錯喔。
嗯？
這麼說起來，
阿嬤喜歡
吃什麼啊？
水羊羹。

Bye啦
幫我跟大嫂問好。
啊！
哥，
你聽過瑪歌酒莊嗎？
蛤？
什麼芒果？
哈哈！
才不是芒果咧。

とり
療傷
小酒館
療傷
小酒館
歡迎光臨。
我一個人，可以嗎？
請進。

我看看⋯⋯請給我芒果汁。
好喔。
這間店，
開很久了嗎？
感覺很復古耶。
嗯⋯⋯
第五年吧。
是轉換跑道啦，我以前是漫畫家。

漫畫家？原來是這樣啊！
以前的事了。
碰巧發現這裡正要找人頂讓，我連店名都沒改。
ガーッ
其實這裡，以前是我父親開的小酒館。
竟然！
後來他身體搞壞，結果各種事情都變得不順利就是了。
母親懷著弟弟回娘家待產時，
有段時間，我和父親兩人就住在這裡。

我都在這個吧台上寫功課喔。
欸——
弟弟小我十歲，和健康時的父親相處的記憶不多。
總覺得有點可憐。
哎、不過
我們還是想辦法活過來了。
想跟年紀輕輕就過世的父親說，不用擔心我們。
哈哈

電話。
咦？
那個公用電話
應該還是
當年那一台喔。
雖然已經不能用了。
你打看看吧，
打給你爸爸。

喂，

是我。
爸，你好嗎？
我現在是從那間店打給你的。
店還在喔。在同個地方，同個名字。
我啊，生了一個兒子，明年上國中。
大家都好好的，好好過著日子。

我啊～
那時很開心喔。
在這裡
吃咖哩飯的時候，
雖然是調理包。
你叫媽也來
聽一下啦。
她在吧？
在你旁邊。
媽，
聽得出來嗎？
是我，和也啦。
潤他也
過得很好喔，
別擔心。
那傢伙，到現在
還是一樣喜歡吃
高湯煎蛋捲。

就這樣，你們
在那邊也保重。
電話費
算我招待。

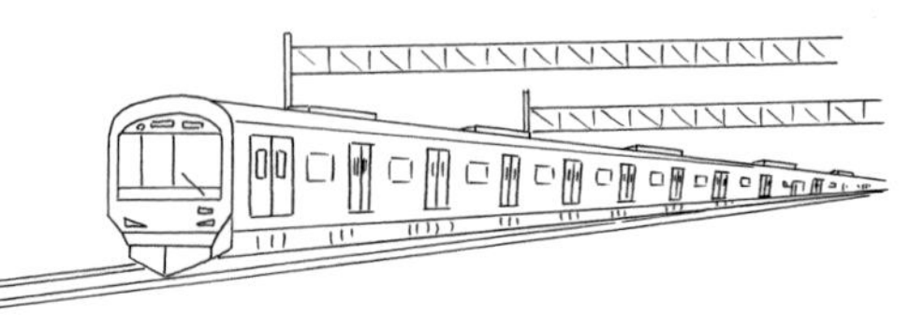

瀧井（弟）中田小姐

哥，
你聽過瑪歌酒莊嗎？
什麼芒果？
哈？
哈哈！
才不是芒果咧。
療傷小酒館
療傷小酒館

療傷 小酒館
療傷 小酒館
歡迎光臨。
牛奶布丁。
啊！
我喜歡。

你哥最近還好嗎？
他又胖了。
啊哈哈
你們去哪裡吃飯？
老地方？
嗯。
那個……
先坐吧。

那個……
我阿嬤住院了。
妳可以陪我
一起去探望她嗎？
我很怕去醫院。
嗯，
一起去吧。

南

好強喔。我看，我們啊——
都得對小裕使用敬語才行了。
啊哈哈
什麼啦。
那就這樣
下次大家再聚聚。
嗯。
誰啊？
嗯——？
我高中同學。我們以前很要好喔。
她看起來比媽媽年輕。
人家是有錢人嘛。應該都固定會去美容中心吧？

芽衣，晚餐煮好了，過來端。
欸——
為什麼每次都只叫我幫忙～不會叫友也幫忙嗎？
妳喔，真的是!!
動一下會吃虧嗎？
吃虧啊。

友也！吃飯！
媽媽～幫我拿沙拉醬～
要那罐青紫蘇的～
我說你們啊，吃飯前至少說聲「我要開動了」吧。
我要開動了。
我要開動了。
都不會想說等媽媽來了再一起吃嗎～
真是的。
友也，記得把你的籃球衣拿出來洗喔。
芽衣，別忘了便當盒。

便當盒這種東西好歹也要自己洗。
妳順便洗一下嘛。
不是順便，而且妳每次都很晚拿出來。
週末爸爸回來之前，要把客廳的電動遊戲機收好喔。
雜誌要是不收起來，我就直接丟掉。
懂了嗎？
媽媽在百貨公司地下美食街遇到的朋友，她兒子考上京都大學耶。
很厲害吧，不覺得嗎？
人家一定有去上很貴的補習班啦。
啊！媽媽忘了拿芝麻沙拉醬。
妳說什麼啊，人家一定非常努力用功啊！一天不用功個十幾小時哪可能考得上！

媽媽～我比較想要請家庭老師。
我也不想去補習。
等一下～
是你們自己說現在這間補習班比較好的吧？要不然～我不是早就說在附近補就好嗎？
答應過媽媽吧？說你們會用功唸書的？
所以我才買新手機給你們啊。
要是繼續說這種話，就不讓你們帶手機了喔。
真是的。不然明天媽媽就去解約。

沒有手機我活不下去。
約定的事就是約定！
告訴你們，媽媽現在講這些可不是為了我自己耶。
用功讀書是為了自己吧？現在不努力的話，等到以後找工作時就傷腦筋了。
有什麼關係，反正傷腦筋的又不是媽媽。
我吃飽了。
媽媽，為什麼不叫友也收拾餐具？
反正就算說了你們兩個也不會收。

轟
滴答
滴答

午安，我是南～
這幾天還好嗎？我來幫您打掃喔～
每次都麻煩妳了。
剛才正好下起陣雨來了。
我正好在雨變大前平安抵達這裡呢～
啊哈哈、
怎麼辦，我家晾的衣服一定濕答答了。

真是傷腦筋。
哎呀？雨停了？
午安，我是南～

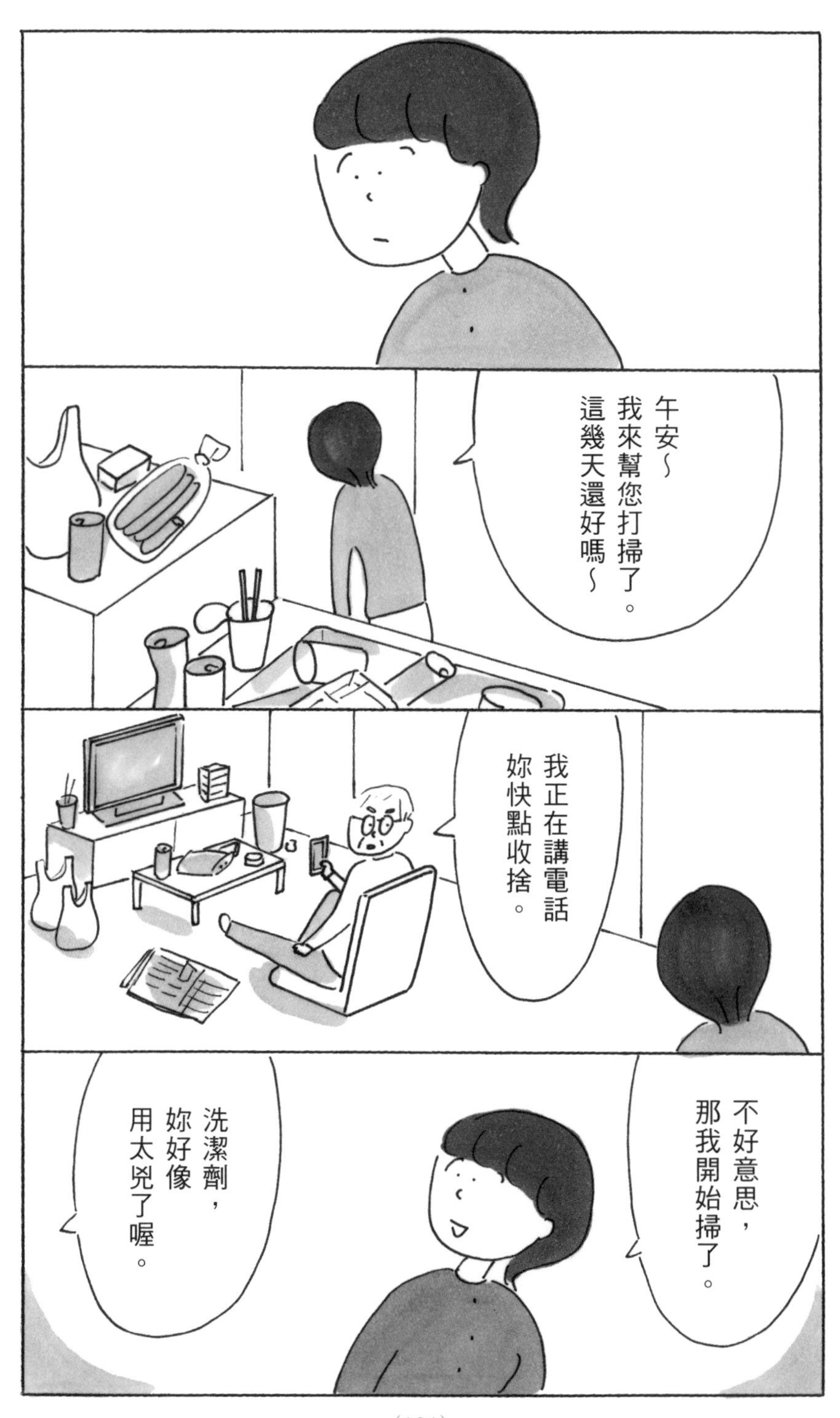

午安～
我來幫您打掃了。
這幾天還好嗎～
我正在講電話
妳快點收拾。
不好意思，
那我開始掃了。
洗潔劑，
妳好像
用太兇了喔。

啾滋
啾滋
療傷 小酒館
療傷
小酒館

歡迎光臨。
那個，我一個人。請給我冰咖啡。
那個…
可以跟妳借一下洗手間嗎？
那扇紅色門後面就是了。
療傷
小酒館
謝謝妳借我廁所。
打掃得非常乾淨耶。

我的工作是幫老人家做家事，不太方便借用人家的廁所。
這樣啊。
剛才差點忍不住了，正好看見這裡有間店。
剛才那場陣雨下好大呢。
請喝，今天也辛苦了。
啊、
謝謝
哇——
好好喝。

妳的腳，
穿幾號鞋子？
欸？我穿24號。
來、給妳。
鞋子？為什麼？
這是踢躂舞鞋。

快！穿上吧。
我已經穿好了。
等等
等等
我從來沒跳過踢躂舞啊！
咦？為什麼？
踢躂舞鞋的鞋底原來是長這樣喔。
對啊
對啊
鞋底裝了叫做「Taps」的金屬片。
您是踢躂舞老師嗎？
哈哈
我是小酒館的媽媽桑，舞是自己跳開心的啦。

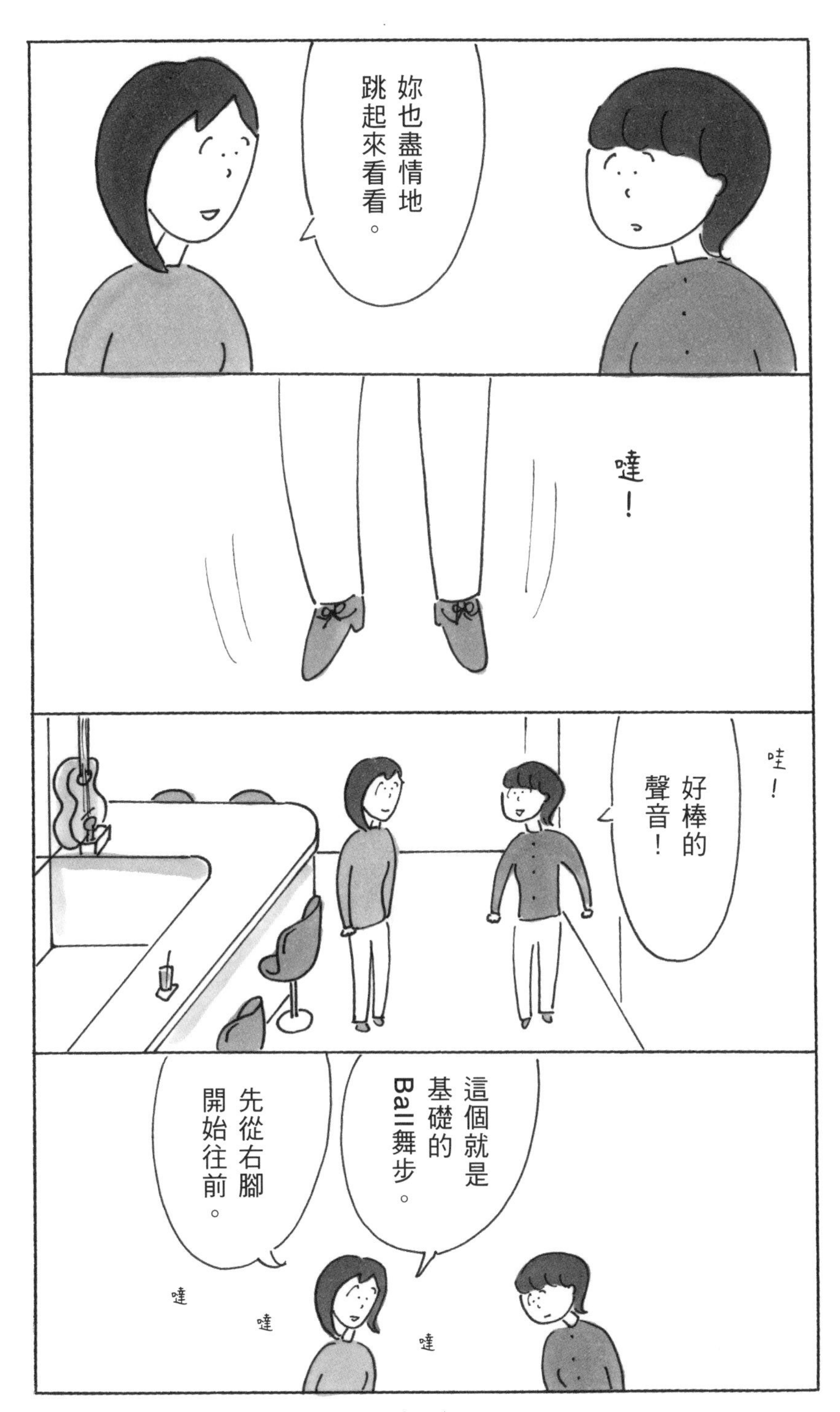
妳也盡情地
跳起來看看。
噠！
好棒的
聲音！
哇！
這個就是
基礎的
Ball舞步。
先從右腳
開始往前。
噠
噠
噠

療傷 小酒館
療傷 小酒館
好囉，來，開始吧！
下音樂！
再放得更開一點！像練習時那樣！
噠
噠
噠
噠
像這樣，看前面。
噠
噠
噠
噠

不錯喔。
噠
噠
噠
沒想到我做得到。
噠
噠
噠
我忽然有點心動。
噠
噠
沒來由的。
噠
噠
噠

噠
噠
噠
噠
好像在跺腳喔。
噠
噠
噠
噠
噠
跺地～跺地～
噠
噠噠噠
噠噠噠
噠
噠

療傷 小酒館
就是要
跺地～
噠
噠
噠噠噠
噠
療傷
小酒館
噠
噠
噠
明天一定會
肌肉痠痛。
啊哈哈
療傷
小酒館

噠噠
噠
噠
我回來了～
抱歉這麼晚。
傍晚有下陣雨，
你們有淋濕嗎？

媽媽，我肚子餓了。
媽媽
今天累了要直接睡覺。
咦？晚餐呢？
自己想辦法。
冰箱裡有食材。
噠
噠噠
噠

滴答

芽衣

療傷 小酒館
滴答
滴答
療傷 小酒館
療傷 小酒館
嘩嘩——
嘩嘩——
療傷 小酒館
療傷 小酒館
嘩嘩——
療傷 小酒館
下起陣雨了。
啊
對。

療傷 小酒館
嘩嘩——
嘩嘩——
療傷 小酒館
真想像這場雨一樣。
咦？
真想活得像這場雨一樣。
一股腦地，直率地。

隨口說說啦。
那種活法不可能嗎？
怎麼說呢……
因為路上有很多阻礙。
老是直率往前的話，會撞到東西。
每次撞到都會受傷。

遍體鱗傷喔。
就算長大之後，
還是非得撞得
遍體鱗傷不可嗎？
太慘了吧。
是啊。
請問，
妳對未來
有夢想嗎？

有啊。
也有實現過的夢想喔。
咦？
夢想啊，
不是只要實現就好。
為了不和夢想分開，
得把它綁在背上不斷繼續往前走才行。
不過我已經把它放下了。
因為它太重了，重得拿不起來。

可是，這樣就放心了吧。
既然那麼重的話誰也偷不走。
咦？
嘩嘩——
嘩嘩——
嘩嘩——
確實沒錯。
對啊。

所謂的將來，
比現在更重要嗎？
現在活在這裡的我，
就沒有價值了嗎？
我啊——

不想忘記。
十七歲的自己，無論是好是壞都不想忘記。
即使將來夢想無法實現，
我也想記住當下懷著那個夢想的自己。
這樣很怪嗎？
不怪喔。
嘩嘩——
嘩嘩——

嘩嘩——
嘩嘩——
啊！
為了不忘記現在的妳。
我想到一個簡單的方法。
以距離來說，大概五十公分。
五十公分？
只要往前踏出一步就好。
呃，那個……
嘩嘩——
嘩嘩——
療傷小酒館

那樣應該
會淋濕吧？
試著把全身
淋得溼透啊。
穿著這身制服。
這樣的話，
就永遠——
不會忘記了吧？
今天這一天的事。
嘩嘩——
嘩嘩——

療傷
小酒館
療傷
小酒館
嘩嘩——
嘩嘩——
療傷
小酒館
嘩嘩——
嘩嘩——

嘩嘩——
嘩嘩——
嘩嘩——
療傷 小酒館
淋完雨的話，就進來喝杯熱可可亞，吃個熱三明治吧。
療傷 小酒館

我回來了～
抱歉這麼晚。
傍晚有下陣雨，
你們有淋濕嗎？
媽媽，
我肚子
餓了。
媽媽
今天累了
要直接睡覺。
咦？
晚餐呢？

自己想辦法。
冰箱裡有食材。
噠
噠噠
噠
現在是怎樣？
噯，媽媽！

牛奶可可亞

媽媽——
有熱可可亞
和熱三明治，
妳要吃嗎？

透子

療傷 小酒館
療傷
小酒館

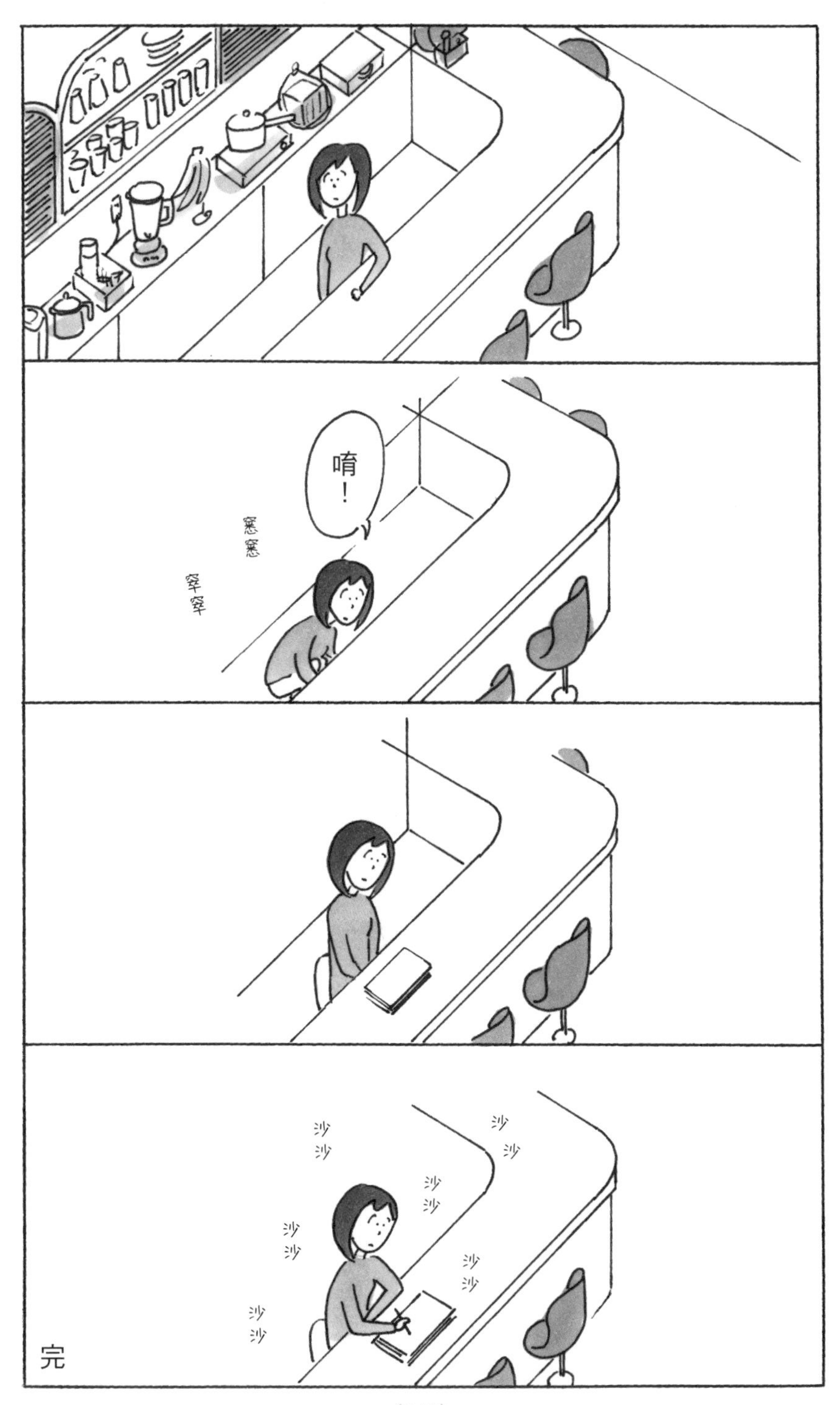
唷！
窸窸
窣窣
沙沙
沙沙
沙沙
沙沙
沙沙
沙沙
完

益田米莉

1969年生於大阪府。插畫家。主要著作有漫畫《我的姊姊》、《小好兒》、《今日的人生》、《澤村家這樣的每一天》、《小春日記》、《麻里子，一切會順利的》、《喝茶時間》。散文《就是在意小事》、《永遠的外出》、《可愛見聞錄》、《大人小學生》等。合著的繪本《不要一直催我啦！》，榮獲第五十八屆產經兒童出版文化獎。

系列／心裡話19

療傷小酒館

原 書 名／スナック キズツキ
作　　者／益田米莉
翻　　譯／邱香凝
總 編 輯／彭文富
編　　輯／王偉婷
校　　對／12舟
デザイン原案／佐藤亜沙美
排版設計／菩薩蠻數位文化有限公司
封面設計／彭思敏 Migo

大樹林學院

出 版 者／大樹林出版社
營業地址／235 新北市中和區中山路二段 530 號 6 樓之 1
通訊地址／235 新北市中和區中正路 872 號 6 樓之 2
電　　話／(02)2222-7270　傳真／(02)2222-1270
網　　站／www.gwclass.com
E-mail／editor.gwclass@gmail.com
FB粉絲團／www.facebook.com/bigtreebook

Line 社群

總 經 銷／知遠文化事業有限公司
地　　址／222 新北市深坑區北深路三段 155 巷 25 號 5 樓
電　　話／(02)2664-8800　傳真／(02)2664-8801
初　　版／2024 年 2 月

微信社群

定價：360元　港幣：120元　ISBN/978-626-97814-2-3

Printed in Taiwan